Summer
in Sweden

Sommar
i Sverige

Anette Henningson

Published 2013
www.anetteh.net
Text copyright © 2013 Anette Henningson
Illustrated by Anette and Sofia Henningson

For my children, Connor and Sofia.

Till mina barn, Connor och Sofia.

One summer, Stephan and his mom went on vacation.
When they got to the summer house, his grandma
and grandpa greeted them outside.

En sommar åkte Stefan och hans mamma på semester.
När de kom fram till sommarstugan, väntade hans mormor
och morfar på dem utanför.

They shared crisp bread, tea, milk, cheese, toast,
ham cheese in a tube, salami, and pickled herring for a meal.

De åt knäckebröd, te, mjölk, ost, rostat bröd,
skinkost på tub, salami, och sill till kvällsmat.

Upstairs there was a small room they called the bus, because of the rounded roof, and they spent the night there. It was still light even though it was very late, so they had to roll down the shades.

På övervåningen fanns det ett litet rum de kallade för bussen för att taket var rundat, de sov där den natten.
Det var fortfarande ljust fastän det var väldigt sent, så de drog ned rullgardinen.

In the morning they got up and went outside to pick some blueberries, and some very small berries that looked and tasted like little strawberries, but were called "smultron".

Nästa morgon när de vaknade, gick de ut för att plocka blåbär, och några bär som liknade och smakade som små jordgubbar, men kallades "smultron".

Then they headed down to the lake.
It was a beautiful day, and grandma brought a picnic basket.

Sedan gick de ner till sjön.
Det var en jättefin dag, och mormor tog med en picknickkorg.

On the way Stephan saw some little black spots moving on the trail. When he bent down to look closer, he realized they were little frogs coming up from the lake.

På vägen såg Stefan några små svarta prickar som rörde sig på skogsvägen. När han böjde sig ner for att studera dem närmre, upptäckte han att det var små grodor som hade kommit upp från sjön.

He put a couple of them in his hands and walked towards the lake feeling happy.

Han tog upp ett par av dem i handen och gick glatt vidare mot sjön.

Once at the little lake cabin he found a bucket, filled it with water, twigs, and some rocks, and put the frogs in it for a little home.

När de hade kommit fram till sjöboden hittade han en hink, fyllde den med vatten, kvistar, och några stenar, och stoppade ned grodorna i sitt nya lilla hem.

They hopped in the row boat, and rowed out to see some pretty yellow and white lily pads, and reeds they called "cigarettes". His uncle picked a nice lily pad, and put in the bucket for the frogs.

They also saw a gooey white ring, with a bunch of black dots in it, his mom said the spots would turn into baby frogs, and they put it in the bucket too.

De hoppade i roddbåten, och rodde ut for att titta på de fina gula och vita näckrosorna, och en slags vass de kallade "cigarrer". Hans morbror plockade ett fint näckrosblad, och lade det i hinken åt grodorna.

De såg också en slemmig vit ring, med en massa svarta prickar, hans mamma sa att prickarna skulle bli till bebisgrodor och de lade den i hinken också.

Then they rowed back to the pier, just in time for a picnic.

Sedan rodde de tillbaka till bryggan, lagom i tid för en picknick.

Later Stephan wanted to go out on the boat again, and go fishing. His grandpa made him a kiddie rod, and sent them on their way.

Efter det ville Stefan åka ut med båten igen, och fiska. Morfar gjorde ett barnspö till honom, och skickade iväg dem.

They had just rowed out a little bit when Stephan got a bite. It was a nice sized perch. They put it in a bucket and Stephan rowed out some more, while his mom tried to catch a fish.

De hade bara rott ut en liten bit när Stefan fick napp. Det var en ganska stor, fin abborre. De lade den i en hink och Stefan rodde ett tag, medan hans mamma försökte fånga en fisk.

Then they saw something dark move near the edge of the lake.
They couldn't really tell what it was. It was too small to be
a moose, maybe a wolverine? The animal quickly ducked back
into the forest, maybe he had come out to eat or drink.

Då såg de något mörkt röra sig nära vattenbrynet.
De kunde inte riktigt se vad det var. Det var för litet att vara
en älg, kanske en järv? Djuret gömde sig kvickt i skogen,
kanske det hade kommit fram för att äta eller dricka.

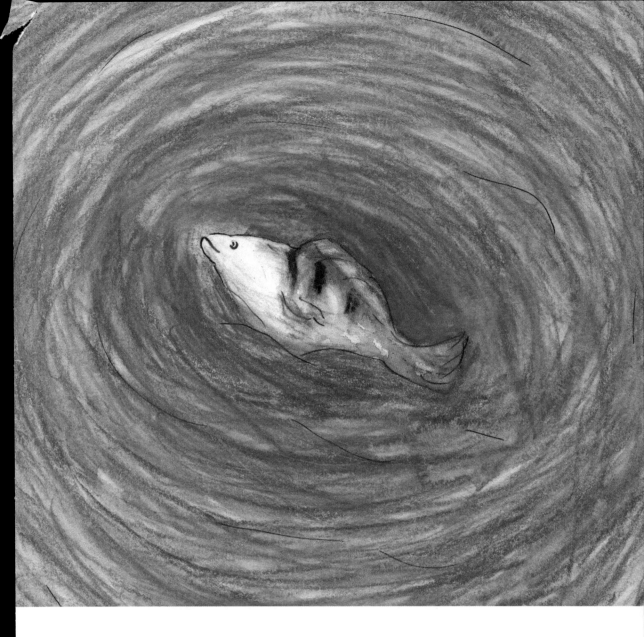

Stephan's mom finally caught a fish. A tiny little perch.
It was so small they threw it back into the lake.

Stefans mamma fångade till slut en fisk. En pytteliten abborre.
Den var så liten att de kastade tillbaka den i sjön.

Next Stephan wanted to fish again.
This time he got a BIG bite!
The rod bent down and it looked as though it was going
to break.

Sedan ville Stefan fiska igen.
Den här gången fick han ett STORT napp.
Spöet böjdes ned och det såg ut som att det skulle gå av.

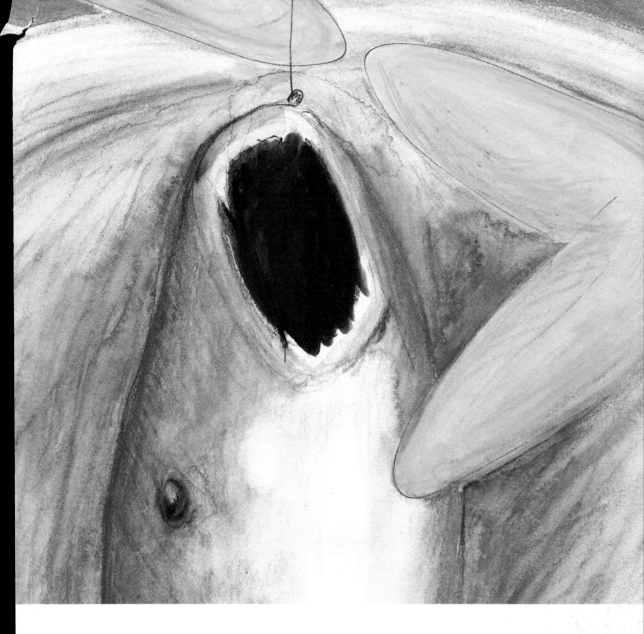

Wow! This must be the biggest fish in the lake. Stephan slowly
wound the reel in, and at the end there was a big pike!
It was so big it hardly fit in the bucket, and all those teeth!
His mom didn't know how to take it off the hook.

Oj! Det måste vara den största fisken i sjön.
Stefan vevade sakta in linan, och fick till slut upp en stor gädda!
Den var så stor att den knappt fick plats i hinken, och alla tänder!
Hans mamma visste inte hur de skulle ta av den från kroken.

They rowed back to the shore.
Stephan was very proud of his catch.

De rodde tillbaka till stranden.
Stefan var väldigt stolt över fisken.

We caught a pike!

Vi fångade en gädda!

Stephan told grandma and grandpa, who were sitting by
the pier. They laughed.
Surely he couldn't have caught a pike on that little rod?
But yes! He had.

Stefan berättade för mormor och morfar, som satt vid bryggan.
De skrattade. Inte kunde han ha fångat en gädda på det där
lilla spöet?
Men jo! Det hade han.

Grandpa helped Stephan take the pike of the rod, and weighed the nice fish.
Then he cleaned it, and prepared it for dinner.

Morfar hjälpte Stefan att ta av gäddan av kroken, och vägde den fina fisken.
Sedan rensade han den, och förberedde den för middag.

Later that evening, grandma made a delicious dinner
with cheese, bread, salad, potatoes, perch, butter, pike,
and fresh berries for dessert.

Senare den kvällen hade mormor lagat en god middag
med ost, bröd, sallad, potatis, abborre, smör, gädda,
och färska bär till efterrätt.

The End

Slut

35887764R10017

Made in the USA
Lexington, KY
29 September 2014